朝をつくる

嘉陽安之

思潮社

朝をつくる

嘉陽安之

思潮社

目次

Ⅱ

装画＝佐々木古奈
組版・装幀＝佐々木安美

I

魔法

父という漢字を書いて
横に
ぱぱ　と
得意気に
振り仮名をふる
幼稚園の娘

読み方は間違ってるけど
父という漢字が
やさしい

パパに変身した

ぼくが
鬼と書いて
（知ってる「おに」でしょ
アニメにあるもん）
ママって
振り仮名をふって
娘と二人で笑う

ねえ
この漢字なんて書いたの？
なんで私の名前横に書くの？

いつかわかるよ
ずっと
振り仮名みたいに
そばで見守っていたいな

ぼくが書いたのは
幸福という漢字だ
娘の名前を
振り仮名にして

算数

算数が
好きな五歳の娘

算数のお稽古のドリルを
しながら

お友だちの家は
赤ちゃんが生まれ
家族が
三から四になったんだよと言う

うちは
いつ四になるのと
四十一と四十六のパパとママに
無邪気に尋ねる

ぼくは
どれどれ……と急に下手な
音符になってしまって
娘のもとに付点のように
くっついて
お稽古のドリルを見る

1＋1＝□

1に加えられる
なんとも簡単な1よ

この1にたどりつくために

ぼくはどれだけの
心の中に
吹きつけてくる
嵐に耐えてきただろう

2+1=□

2に加えられる1は

ぼくに与えられた
美しい
この世にたった
一冊の本
きみの名の題がついた

だから
3＋1＝□　は
もういいのだと
きみを見つめていると

ねえパパ　そんな問題も
できないのと

五歳の娘は
無邪気に笑う

鼻息あらき

あなたがぼくを知らず
ぼくがあなたを知っているだけのころ
ぼくは何度もあなたとすれ違った

小さな顔をやや前方にあげ
肩には重そうなバッグ
りんとした瞳で
鼻息あらく
ぼくを過ぎていった

心の中の
無数の兵士たちを統率して
日々の敵と
たった一人で
戦っていた
あなたの姿に

ぼくの一生は決まってしまった
あなたの忠実な従者と

自転車

自転車を押して
きみと歩いた
自転車に乗れば
五分の道を

家がなくなればいい
いつまでも
歩いていける
話したいことが
たくさんある

車輪が
からからまわりつづける
話題も
いっぱいでてくるし
沈黙も
またいいものだ

自転車を押していると
自転車が話してしまう
ぼくの気持ちを
からからから

ことわざ

あっ揺れてる

小さな揺れだが
五歳の娘は
テーブルの下にもぐる

見ると
お尻だけが
隠れて
肝心の頭は

テーブルから出てる

娘は
下を向いて
必死に隠れてる
(隠れた気になってる)

頭隠して尻隠さずの
ことわざも
笑って

みんなで
やさしく
揺れる

心で読む

もうすぐ六歳になる
娘は
本を読んでとせがむ
一休さんや吉四六さん
日本や世界の童話
図鑑も

毎回毎回
読むのは大変なので
たまにふざけて

黙読すると
声に出して読んでよ
と
体を揺する

ある日
パパ
絵本読んでと言う
でも
これは声に出さないで
心で読んでと言う

佐野洋子さんの
『１００万回生きたねこ』だった

前に妻が娘に読んでいた絵本
六歳にもならないきみが
この作品から何を受け取ったというのか

まるで試験監督のように
娘は
じっと見つめて
聴いていた

ぼくがこの本を
心で読むのを

おしくらまんじゅう

冬の休日
朝食を作ろうとして
キッチンにいる
妻に

寒いね
おしくらまんじゅう
でも
しようかと笑って言うと

娘が
何それ
食べたいって
まんじゅうみたいな
瞳で言う

今時は
幼稚園で
やらないのかな
寒い日
友だちとみんなで
おしくらまんじゅう

押されて泣くなって
押しあいへしあいして
体があたたかくなった

思い出の
おしくらまんじゅうの味よ

渦

朝から近所で
子どもが激しく泣いてる
お母さんが怒ってる
涙や叫び声の渦に
寝ていたぼくも巻き込まれて
今やっと陸にもどってきたところだ

うちの娘はまったく泣かなかった
転んだらそれは大きな声で泣いたが
あれしたい　これしたい

これはいやだって泣きわめかなかった

パパもママも
若くないから
子どものくせに
無理させまいと
ぶつかってくれなかったのか
ぶつかってもむだだと
もうあきらめてるのか

何かあっても
うつむいて
髪に顔を隠して
いつも必死に耐えているのは

女の時間

女の時間を返せと
妻は
ワイドショーを見ながら
怒っていた

その怒りは
その女優を棄てた男になのか
テーブルの先で
同じ番組を見ていた
ぼくへ　なのか

心も身体も
そして
流れる
時間までも
違う生き物の
せつない声

時間は時間と
流れに身を任せて
生きてきたぼく

一人娘は
ぬいぐるみと

遊んでる

結婚は
ぼくの時間では
仕事が大きな区切りを迎えた
最高のタイミングだった
でも妻には
子どもが授かるかどうかの
時間だった

娘は絵を描いてる

女の時間を返すことが
できるなら

妻も
ぼくも
娘も
また違ったかたちの幸せが
あっただろう

ワイドショーは終わったのに
女の時間を返せと
また違ったかたちの幸せが
ぼくの中で
いつまでも始まるのだ

娘

一年生の娘は
時間割は
どこにも
貼らないくせに

給食の
献立表は
冷蔵庫に貼って
毎日眺める

カレーライス
スパゲッティ

おいしそうな
焼き肉チャーハン
韓国ふう肉じゃが

ビスキュイパン
かぶのレモンじょうゆあえ

宿題をやってるのかと思ったら
献立表に
色鮮やかなマーカーを引き
たくさんの星を描き

献立表が
プラネタリウムになる

「今日もおかわりしたよ！」って
うれしそうに
帰ってくる
黄色い帽子を輝かせて

きっと毎日
遠足に行っているんだ
星空に
シートを引いて
友達と先生と

ビスキュイパンを
笑いながら
ほおばって

娘は
大きくなっていく

楽しい時間を
なんども
おかわりして

Ⅱ

朝をつくる

朝
それほど
広くない通りに
警備員さんや
教員が並んで
生徒の
通学の道が
つくられていく

その中を

今日も
中高生を務めに
青年でも少年でもない
現代の真ん中を
生きる者たちが歩いていく

ぼくも道に立って
彼らの朝をつくる

ぼくの後ろを
通勤の人や
自転車で
幼稚園に子どもを送る
お母さんたちが

慌ただしく過ぎていく
たまには酔っ払いもいる
昭和の二日酔いがひどそうな

ぼくは
誰かの朝となり
生徒や通り過ぎる人が
ぼくの朝をつくる
不可思議な広がり

すべてをたどることはできないが
ぼくは
全身で
感じることができる

この果てしない
広がりを

荷物

さびしい
なんて感情は
現代詩のシャツが
よく似合う
若者の持つ感情

人を愛し
結婚し
子どもが生まれて
ぼくはさびしいという言葉を

忘れていたが

あるとき
ぼくの心の住所に届いたのは
さびしい　という
とんでもなく重たい荷物
取り扱い注意って貼ってある

梅雨の休日
部屋で一人
ぼくの心に芽生えたある問題について
雨と話していたところだった

まったく現代詩のシャツが似合わない

歳になっても
さびしい　という荷物が届けられる

ちゃんちゃんこを着る歳に
なってもなお
人は
ますます重たくなった
さびしい　を
衰えた両手で
誰にも知られないように
受け取る

コンビニ

いつもの朝
いつものように
おにぎりを二つ買う

いつもの店員は
いつものようにレジを打ち
ありがとうございましたと言う
名札にいつまでも
トレーニング中とある
田島さん

誰もしゃべらない
決まりきった言葉以外出てこない
コンビニ
でも
将棋の棋士みたいに
無言でぼくらは会話してる

またこれですか?
これがすきなんですよ
たまにはサラダも
食べてくださいね
なんて
また明日も

いつものように

試しに
ぼくが
バナナを二本買ってみたら
どうだろう
田島さんは
冷静なふりして
悶絶するに違いない

手羽先チキンと
野菜スティック
ハッシュドポテトに
栄養ドリンクもつけて

レジに持っていったら
どうだろう
怒濤の攻めに
ついには
負けましたって
お辞儀されるかも

ぼくが
もう行けなくなったら
どうだろう

田島さんは
誰かと
対局してるんだろうな

やっぱり
いつまでも
トレーニング中のまま

回覧板

実家に帰ると
後でこれ入れてきてくれると
母に言われ
久々に回覧板を見た

ぼくの住むところでは
もう回ってくることはない

回覧板を入れていた
お隣さんも

もうすでに亡くなり
古い家は
ますます古くなっていた

回覧板には
そんなに大事なことでも
絶対に伝えなくてはいけないことでも
なさそうなことばかりが
挟まれていたが

案外そんなどうでもいいことを
伝えあいながら
目には見えない
周りにふわふわ浮かんでる

もっと大事な何かをぼくらは
知らずに確認しあってる

夏の夕方
お隣さんの家を
通り過ぎ

知らない人の
新しい家のポストに
回覧板を届ける

や行

やわらかい
やさしい
ゆめ
ゆたか
よろこび
よい
にほんごで

かぎりなく
ふかく
ぼくらを
みたしてくれることばは
や行からはじまる

満天の星を浮かべてくれる
やみも

海に沈んでゆく
ゆうひも

男と女が愛を交わす
よるも

ぜんぶや行からはじまる

にほんごを
うんだ
ぼくらの
とおい
ふるさと
やまと

やまとびとの
あいした
や行が
ときをこえて

ゆらり
ゆらり
ぼくのもとに

さ行

さ行の言葉を
言うとき

舌は
マッチのように
歯の裏をすって
言葉を灯す

さびしいと
言ってみる

灯された
さびしさの
ゆらめきのなかに
ぜんしんがのまれる

し　は
マッチの
すり方ひとつで
詩にもなり
死にもなる
詩は
死のふちを
いつも

たゆたっている
すき

するどい

心の隙間に
するどく
入ってしまったもの
それが
好き　なのか
せい

生と性

好きは
生きる力
あるとき
異性と出会い
二人は
激しい火花となる

そして

そうそう
葬送
草々

炎が
消える

生と死を
つかさどる
さ行の

アルファベット

習ってもいないのに
どうして
低学年の子どもたちは
大きなSになって
学校に向かうのだろう

見て花が咲いてる
ほんとだ
ねーこっちに変な虫いる
来て来てってって

遅刻しないでね

高学年の子どもたちは
Ｉになって
足早に学校に
向かう

大人になるって
ただ
目的地へ向かう
一本の線になること
その途中の
さまざまな声や匂いや

色を忘れて

ママに何度も手を振って
学校に向かった
女の子が
泣きながら戻っていった

忘れ物した男の子の
のんきなUとは違う
鋭くかなしい
Vが
通学路にいつまでも
ささっている

あじさい

きみの
ぼんぼんのようなかたちは
雨をたくさん浴びるのに
なんて
適しているんだろう

ぼくらは
雨を味わうように
できてないんだな

だから雨の日って
心が重くなるのかな

きみのピンクや紫や青や白い姿は
曇り空に失くした
色彩をぼくらに届けてくれる

きみは雨にますます輝いて
これ以上ぼくたちの心が
沈まないように祈っている

別に何もしてないよって
きみは言う

それでいいんだよ
それで
きみがただ
こうして
この世界にいてくれるだけで

手をつなぎたい
きみと

水やり

お腹すいたという
たくさんの葉っぱの声が
聞こえてくる

ひな鳥のような
旺盛な食欲

大きくなっていく
たくさんの葉っぱの
陰に

いつまでも
成長を忘れた
小さな葉

きみの
声は聞こえない

雨が真横から
降ってくれないと
水が当たることがない位置が
きみの居場所

光と水を求めて
小さな鉢からあふれようとする

たくましい葉っぱたち
観葉植物って
たくましくてムキムキな
葉っぱたちのためにある言葉だね
今日はさわやかないい天気だ

小さなからだを
おくれ毛みたいに丸めて
生きるしかない
きみのせいで
水やりすらできない

もらいもの

もらいたくもないが
右目の下に
大きな
ものもらいができてしまった

もらったからといって
人にあげるわけにもいかず
眼科に行って
薬を塗る日々

生まれて初めて
美女の目を釘付けにし
会う人会う人に
こいつの説明をする日々

娘は笑いながら
これ
パパと
右目だけではなく
左目の下まで
ぐりぐり赤く塗った
ぼくを描く

みんなに

新しい名刺を
配り歩いている日々だ
ぼくの右目が受け取った
とんでもない
もらいもの　のせいで

靴

革靴ではない
靴を
いつぶりに
履いて
ぼくは歩いているのだろう

やわらかい靴の
素足で歩いているような
地面と
おしゃべりしているような

感触に
戸惑いながら

久しぶりの
休日
秋の一日
井の頭公園に出かけ

ぼくは
一日というものを
長い間
忘れていたことに
気づく

いつの間にか
自転車に
乗れている
娘が
パパ早く来てよ
と
向こうから呼ぶ

井の頭公園の
ほこりっぽい
土の感触をたしかめながら
蹴りながら
あえて歩く

アスファルト以外に
ぼくの歩く道が
この世にあることに
驚きながら

光化粧

電車の中
窓に招かれて
秋の陽が
入ってくる

外のビルや木々の
生みだす影が
秋の陽を限りなく
美しくする

何もかもが
大切なものに
感じられる
時間

ベビーカーに乗った
男の子が
光を
手にとって
ほおにぬって

はじめての
化粧をした

立っている
お母さんは
周りに気を配って
ベビーカーの中には
ちっとも
気づいていない

光の
おしろいをぬった
男の子の
たった一度の
美しさ

遠い

闇のほうへ
行こうとする
ぼくを
この世に
つなぎとめてくれた

秋の陽

名も知らぬ
男の子の
光化粧

朝《あさ》をつくる

著　者　嘉陽安之《かようやすゆき》
発行者　小田啓之
発行所　株式会社 思潮社
〒一六二-〇八四二東京都新宿区市谷砂土原町三-十五
電話〇三-五八〇五-七五〇一（営業）
〇三-三二六七-八一四一（編集）
印刷・製本　創栄図書印刷株式会社
発行日　二〇二三年十一月三十日